Private Brand

プライベートブランド

幸せだから……
私が思う日々のできごと

山口 詩乃

YAMAGUCHI Shino

文芸社

はじめに

〝あるあるシリーズ〟の続編です。

見た、感じた思いを振り返ると、悲喜こもごもの生活がありました。

人にはそれぞれの価値観があり、年齢によって捉え方もさまざまですが、ほぼほぼ理解していただけるものかな？と。

とかく空しく過ぎ去っていく日々を送るものですが、こうして書いていますと、毎朝「今日はどんな出会いだろうか」と、思うことがよくあります。トキメキだったり、全てが順調にいくはずがないと覚悟を持って臨む今日を、黙殺してしまうとそのまま流れていき何も残らない。しかし、言葉にすることで美味しいものをたらふく食べたように、心に感動が蓄積されたのです。今は今しかない。これがエッセイを書き始めたきっかけです。

すると、山口劇場の幕が開きました。

目次

プライベート ブランド

幸せだから……私が思う日々のできごと

新年

久しぶりに元旦の初もうでに出かけた。十数年ぶりでもあってか、神社の様子が分からず長蛇の列でビックリした。

やはりそうなのだ。普段は神や仏はそっちのけでも年の初めとなると自分自身の誓いではもの足らず、より願いが叶うように神社に出向く。

しかし、願いごとは胸一杯かけてくる。この一年元気に過ごせますように、とありきたりの祈りの他に、受験の合格祈願だったり、病が治りますように、と不安との闘いに一役買ってもらい、安心の境地にたどり着きたい。中には縁結びを願う人も。

いろいろな思いで、合掌ポーズで手を叩き二礼する。これですべてが収まれば申し分ないところだが、一年も半年が過ぎるころには願いごとすら忘れ、なるようになるさで現実味を帯びてくる。年末にはトンと忘れ去り、何だっけ?

それに付け加えておみくじを引く。開けて記憶にあるのは二〜三日。それもそのはず、神社の境内の木に縛り付けて帰るから、いつまでも覚えている自信もない。当節はなんと百円だけでなく六百円もするものもある。まるで高ければ願いも手に届きそうな感じになる。こんなところにも物価高が影響している。新年の意識が高いと言っていられない性分が働く。

やっぱり、新年を迎えた時だけの行事に過ぎない儀式の恒例となっている。神社も新年だけに混んで後はパラパラと参拝客を見るらしい。もちろん、私もその一般客に紛れ込んでいる。

神社に行く途中小川があり、カルガモ親子であろう三羽が優雅に泳いでいる姿に癒された。この寒い中、水面に浮かぶカルガモに平和を感じた。

人間さまは、これでもかというほどに幸せを欲張る。

私も大手を振って言えないが、年末のジャンボ宝くじは買う習慣がある。結果はすでに出ているが宝くじ売り場に出向くようにしている。そして、それまでの夢を見る。

三億円当たったら、どう使おうか？

一億円だったら、どうしようか？

五千万だったら？

とかいろいろ使い道を考えあぐねながら過ごす日々も、まんざらでもない。

子供の頃からくじ運はからきしダメで家族の間ではハズレの名人とまで言われた。が、いざ宝くじを目の前にすると、運を呼べるかも、と淡い期待をしてみる。

どういう運なのか、小学一年から中学三年の九年間、運動会で勝った色のチームにいたことがなく、したがって勝利宣言がなく、勝ち組になった経験がない。これが災いしてか不幸の神様が取りついているのかもと、思うが……。

ハズレに決まっているが、結果が出るまでの夢を見るのがたまらない。私の唯一のオアシスである。

最終的には、身の丈にあった生活から逸脱できそうもないと諦める。

売り場では、億万長者が出たとか言って宣伝しているが、購買意欲を駆り立てるための心理作戦と理解しつつ買いに行く。

しかし、夢で終わりではなく結果が欲しいなぁ。

年の瀬も

十二月二十八日は大安吉日で、玄関飾りをするには申し分ない日だと、情報を得たのでそれに合わせて年末の予定をたてた。

何故か気持ちが急ぐような、でも一人暮らしだと誰に気遣うでもなく気ままに過ごせばいいことなのだが。

二人の子供はすでに独立して子宝にも恵まれている。夫婦が手探り状態で子育てに悩みながら、頑張っている。夫も十年前に他界し、母の私は年末をどう過ごすかは独壇場である。あの家族のためだった大掃除に買い物に励んだ日々は子供達の成長と共に終わった。

ちょっとだけ母の役目が終えたことへの安心感と同時にむなしさを覚えた。

普段の食材が足りなくて、スーパーへ行くと、年末の買い物に忙しくする人達に巻き込まれて余分な物に目がいきそうだ。無駄が出ないか心配をしながら買い物をした。結果、やっぱり予算オーバーをしてしまう。品物を買いすぎる感はあるが、品物自体が普段より正月料金といって値上げされている向きがあるのも事実。それを見込んで、雰囲気にのみ込まれついつい買ってしまうのも事実。大半が後者の方みたい。残念だが。

昔懐かしい四人家族の感覚がまだ抜けきらない。こんなところにも、年齢を重ねると切り替えが容易ではないと認識する。

結局店側の宣伝に負けて、気が付けば主導権を奪われて買いに急ぐ状態で、つくづく意志の弱さが露呈してしまう。と、後悔する。

コタツに入ってのんびりテレビを見ていると、外が騒がしくなり、

「ザーッザーッ」と激しく何かのドアを叩く音がしてきた。

何だろうと、外を見ると右隣りの人が、今流行りのジェットシャワーで洗車をしている。車も今年の垢を落として新年を迎える準備をしているようだ。

左隣りはやたらとカタコトと音がする。やはり大掃除の音か……。

　十一月に体調を崩した私は、年末の大掃除はパスしようと思っていたが、やたら町内がざわざわする。いつもより騒がしい音があちこちでするようだ。仕方がない。気を取り直してよっこらしょと腰をあげ、せめて窓ふきでもするか、そんな気持ちに無理なくなれた。

　我が家にも年神様が見えるだろうから、玄関周りの窓、ドアをしっかり雑巾がけを済ますと心なしか満足をした。やはり、年末は恒例の大掃除は怠け癖をつけられない。しかし、この町内で皆と一緒に同じ事をして過ごすことで、時に優しさにふれ、守られているのかもしれない。

宇宙よ

七十席くらいある丸い部屋で、頭を背もたれにつけて座り天井を見上げる。そして音楽と説明を聞きながら多くの星座を見つめる。しかし、星の位置で「あれは何座、これは何座」と、星座を見つけることは私には至難の業《わざ》に思える。専門家には到底及ばない。興味の度合いでもあるかもしれないが……

ひと時ではあるが、遠い世界へ自分を連れて行ってくれるような気がした。そんなプラネタリウムを楽しんだ。

小学生の女の子の孫は全く興味を示さず。照明のない暗い部屋や途中から入って来る他の客が気になったらしく、きょろきょろするばかり。夏休みの思い出の一ページに少しでも勉強になればと思い連れてきた。なんといっても、同市出身の山崎直子さんが、幼いころから宇宙に憧れを持ち続けた結果、宇宙へ行くという夢を叶えたとあり、刺激になるかと思ったが何も反応しないらしい。

むしろ私自身の感動であり、思い出作りになったようだ。

仕方がない。その子その子の関心の違いであると納得。

しかしながら、子供の夢は大人が連れて歩いてどこかで縁があって誘引され、抱くものと聞いたことがあるので何か見つけてほしい。お手伝いしてあげたい。

最近では、化粧品に興味を示し私より沢山持っている。確かに、私の子供の頃は母がいない時に限り母の化粧台の前に座って化粧品をいたずらした記憶がある。とくに口紅には興味があり、それを付けて遊んだことがあった。

最近の子は、百円ショップで買えちゃうから手軽に手に入る。

しかも、自分の化粧品として遠慮なく使える。

泊りに来ても化粧品だけは、忘れずに持ってくる。

「そういう関係の仕事につくのではないの」とある人が微笑ましく言う。しかし、小学生で化粧に目覚めるとは、早くも将来の女性の姿を意識しているのだろうか？

もしかして、私が化粧するのと孫が化粧するのは、意味合いが違うのかもしれない。

今時流行りのコスプレの世界観なのかも。

神秘的な宇宙より美の追求に夢中のようだ。

きっと何か発見するかもしれない。まだまだ夢の入り口にも差しかかっていないのだから。

星の王子さまを読んで

昔、昔、子供の頃に読んでこんなに難しい本だったかな？　と、疑問に思いながらどんどん読み進めていくと、ますます理解にくるしんだ。

この本は小学五～六年生以上とあるが、私には意味の分からないところが数か所あった。

私の子供の頃は、果たしてこのように純粋だったのかな？

その時、この本を違和感なく読めたのだろうか？

だとすると、私の今日までの人生が、山あり、谷ありの毎日で良くも悪くも知恵がついたのであろう。

子供のままでいられたらうれしい限りだが、年を重ねて、誰がみても大人の社会にすっぽりはまってしまっている私だ。

一回目を読み終えて印象に残ったのは、キツネが王子に秘密を言った言葉で
「心で見なくちゃ、ものごとはよく見えないってことさ。肝心なことは目に見えないんだよ」

と、童話の世界でこんな高尚な内容に感動というよりも驚異だ。

「目に見えない大事なことに気づき、それを大切にする生き方をすると、見えないしあわせの世界があるのだ」

という愛の力を小学生に伝えていることが、なんと素晴らしい。

もっとこの本のなかみを熟知するために、二回、三回と読んだ。

すると、子供から見た大人の世界は、外側にとらわれて自分の欲望にまみれているという。

確かに、人生経験のおかげでいろいろな色に染まったのかもしれない。

私の日常はと、考えてみると言葉じりにとらわれて、心が定まらず右往左往することしきり。自分の都合のいいように判断してしまい、最終的には得か損かの結果オーライとなる。要するに自分にご都合主義となるようだ。

ある日の夕方、私は三歳の孫と一緒に、サクラちゃんという名前の犬(マルチーズ)の散歩をした。

ゴーという音で、孫が空をみあげて、

「あの飛行機、買い物に行くのかな?」と、可愛い発想に思わずニヤッとしたが、「そうねぇ」としか答えられなかった。

私の頭の中では、(羽田かアメリカに行くのかな)と言おうとしたが、飛行機にのったこともない孫、ましてや国の意味を理解できないだろうと、思ったのでやめた。

それは大人の知識で答えようとした私だったからだ。

大人? 言葉が見つからなかったことにショックを受けた。

あとで私は、なぜもっと真剣に話し相手をしてあげることができなかったのかと、後悔した。

いつしか、つまらない大人になったんだなぁと、虚しさを感じた。

星の王子さまのように、本の中だけでなく、現実に子供の美しい夢を壊さないで、豊かな感性をみがき自己主張できる社会であってほしいと思う。

時には、童心にかえってものごとを見ていける私になりたいとつくづく思った。
こんな思いがふつふつと湧いてきた。

戸定邸《とじょうてい》

徳川慶喜の弟、徳川昭武の住まいだったことで、国指定の重要文化財となり保存されているお屋敷。

徳川慶喜は最後の十五代将軍と言われているが、昭武とは仲良し兄弟でもあったことから後を継いでほしいと期待を寄せていた。十八人いた兄弟のうちで、一番気が合うのでよく遊び、大人になっても交流が続いた、という。

かつて江戸（東京）から離れた戸定（松戸）に、徳川の息のかかった人物の住いと思うと、その時代にどれだけの人々が出入りをしたのだろうか。今は古くなった石畳の玄関に立つと、ドキドキ、ワクワクしてきた。かなり下足が入る下駄箱、今の学校のようにただ箱スタイルで何段と板がくくりつけてあるが、これは現在の見学に訪れた人達用に作られたものだろうか？　当時のままなのか？

疑問を抱きながらの見学を楽しんだ。

九つの建物がつながり、二十三もの部屋があるという。因みに畳はこのお屋敷で六十四枚使われているらしい。二階はなく平屋の建物、したがって広大な敷地にたっていることになる。時は明治の始めだから、当然のこと和室のみになる。中に入るといくつもの畳の部屋には何もないが、入ってすぐの部屋に甲冑が二つ並べて置いてある。隣の部屋にも一つあった。説明だと実際これを着て戦いの場に行ったと聞いた。ますます時代がよみがえってきた。

ふと、松尾芭蕉の奥の細道の俳句が頭に浮かんだ。

〝夏草や兵《つはもの》どもが夢の跡〟

何だか、男たちの勝った負けたの生き方に感銘を受けた一瞬でもあった。

〝戦〟男たちは将軍家を守るために日本国内で、戦争を繰り返してきたようだ。そうやって今の日本という国が存在していることに、感謝の念が湧いた。

女達も複数いたらしい。

説明を聞いた私がたっているこの畳の上を、明治時代の人々が踏んだと思うと感慨深いものがあり、人の温かさが伝わる感じがする。目を閉じて当時の人達と同じ場所で私が着物をきて行きかう姿を想像した。さしずめ私は、どんな役にして使ってもらえただろうか?

台所で料理を作っていただろうか?

いいえ、料理は今ひとつ自信がないから、人の目にふれない時間帯の掃除担当かもしれない。見学に行った時に窓ガラスを拭いている人をみかけたから、あれだったらできるかもしれない。しかしこの部屋数だと毎日は疲れるかも。あまく見てはいけない。

あるいは多くの人の出入りがあったと聞いたから、来客案内やお茶出しかもしれない。今の上皇が天皇時代にご夫婦で訪問されたらしい写真があったのを思い出した。そんな高貴な方達をおもてなしするのはちょっと待てよ。私には到底無理かもしれない。あの時代は容姿端麗の条件付きだろうから。最近こそ個性を重きに見てもらえるようになった。が、それにお茶出しは出世の地位のようだからムリ。いずれにしても上品に身をこなすことはできそうもないのでどれもダメ。

やはり台所のお手伝いが向いているかも、これは選任するしないの問題ではないだろうから使ってもらえそう。身長も百五十センチと、今の時代は小柄の部類だが、当時の人達の中だと平均身長らしいから目立たないかもしれないので付いていけそうだ。

ちょっとその時代にタイムスリップして行きたくなった。

想像と違ったら、すぐ帰ってくればいい……

しかし、当時と変わらないものがあった。

庭園とその植わっている植物はそのままである。きっと植物は明治、大正、昭和、平成、令和と生き続けてきた。まるでお屋敷を見守っているかのように生き生きとしている。手入れが行き届いている証拠である。と、断言する。

人々が、時代は違えどもこの地でいろんな出来事に遭遇して生きてきたことが残ったものであると確信した。

木造建築だけに、古びてしまうことの心配がよぎった。

大丈夫！

国が守ってくれるでしょう。

神出鬼没の女

車で信号待ちをしていると左車窓におかっぱ頭の人がいた。気になって目に留まる。かれこれ十年くらい前からになる……

年はもう五十くらい、化粧はなく浅黒く、白のブラウスに長めの丈のスカートをはいている。いつも片手にスーパーの白い小袋をぶらぶら振りながら持ち、どこに目線をあわせるでもなくくるんるんと軽やかに歩く。時々下を向く姿には陰りがうかがえる。

M町に住んでいるのか、この周辺でよく見かける。何度も見た。

おそらくあの人は、私と出会っていることを知らないであろう。でも私は何度も会っている。いつも私は車の中、なぜか車の中で見かけてしまう。この町に長年住んでいるが、スーパーマーケット他馴染みの道路を歩いていても、まず同じ人に出会ったとしても記憶に残らない。が、しかしどういうわけか彼女だけは他の人と同じ条件だけど目に留まる。特別変わった風貌でもないと思うが。

ある時はM町からかなり遠い、一時間以上歩かないと行けない場所で周辺に駅もない道路を、やはり小袋をぶらぶら振りながら軽やかに歩く姿を見た。顔は整い姿勢は良くスマートで、私が気にしているせいか何故か見かけてしまう。

もしかしたら、私にだけ見える人？

ふといろんなところで見かける。こんなところに？　M町とは関係のない所でも。さすが雨の日は見かけない、傘をさしているところを見たことがないから。二月の寒い時にもコートを着るでもなく、カーディガンをはおり、おかっぱ頭の髪をなびかせながら怖いものなしで、無表情でひたすら歩いている。目的もないままのように見てとれる。

どんな人生を生きているのか気になるが、何のふれあいもないし、声をかける相手でもないし、相手はルンルン歩いているのだから、このまま通り過ぎればいいことなのだろうが……

彼女の姿を見かけると妙に気になるところ。

いつも一人で、ただひたすら歩いている。

家族はいるのだろうか？　小袋には何が入っているのだろうか？

いずれにしても私からは謎に見えて気になる人。

忘れた頃に、フッと出会う。

不思議な人。疑問だらけの人。いつも自分だけの世界観でいるようだ。

その人にとっては、まわりの人々は景色に同化しているのかもしれない。元気で何よりだ。

限りなくグレーゾーン

夕方スーパーでの買い物を終え、買った食材を車にのせ家に帰ろうと駐車場を出た。数メートル走らせたところで、後部座席の方から、急にきな臭い匂いとエンジン音がドンドンとやたらと大きくなってきた。いまにも勢いがなくなり止まりそうになった。(何々、どうしたの？　今まで故障したことがなく軽快に走れたのに)

怖くなった私は、一旦車を止めて外に出た。煙が出ていないか火が出ていないか私なりのチェック、と言っても外見を一回りするのが精いっぱい。まともではない状況に動揺してきた。

この車を愛用して十年くらいになるが、どうやって走っているのかさっぱり分からない。ただガソリンがある限り走れると、これぐらいの認識しかない。あと運転席の前にあるいろいろな表示ぐらいは何とか理解している。特にスピードメーターは気にする。

どこに警察が潜んでいるか分からない。長きにわたるゴールド免許証だけに失いたくないと本能が働く。そんなにメリット感はないが、固く保持したままなのである。

馴染みの車屋さんまではちょっと距離があるが……

とりあえず何とか家まで帰り着きたい。と、怖さと不安が交差する中、車を走らせた。途中信号待ちにさしかかると、

（お願い、このままエンストなんておこらないで、家まで無事に帰れますように、車よ、走って）と祈る。

戦々恐々とした思いで運転しながら、やっと我が家の駐車場に着いた。無事に帰れたことにほっとした。

この十五分間は恐怖で生きた心地がしなかった。

最悪な現実を目の当たりにして、家に着いた途端わずかに体の震えを覚えた。

まずは気持ちを落ち着かせるため、何度も大きな深呼吸をした。

まさか、ラジオ体操時の呼吸法がここで役に立つとは、思わなかった。やはり無駄

なものを身に付けていないことに、我ながら感心した。吾輩も成長しているのだ。気持ちの落ち着きを取り戻し冷静に段取りを始めた。

早速車屋さんに電話をした。それからは、さすが前車から何十年もの車検の付き合いをしてきただけに、とんとん拍子に事が運び、損保さんも動き、ついにレッカー車まで来て業者さんまで運んでもらった。我が家に帰ってから小一時間でこの工程が終了し、とりあえず胸をなでおろす。疲れを感じながら何とか修理で終わることを願った。

翌日は、出かける用事があったが近隣のバスを利用して、電車へと乗り継いだ（たまには、これも悪くないな）。

夕方、業者から電話があり故障の原因が分かった。と、それで修理代として三万円台の金額を言ってきた。不意の出費にしてはちょっと負担が大きいなと思ったが、その修理代自体が高いのか安いのか私には分からない。言われるがままに、直してもらわなければ車を利用できないから、仕方なくすぐ了承。手痛い出費となりそうだ。

翌日、修理を終えたとの電話が再度入った。

支払いは現金と聞いているので、念のため聞いた。

「四万三千これこれと」

「えっ！」

「昨日は三万円台と言ったでしょ！」金額の違いに納得できずにちょっと興奮気味に言うと、修理前に言った金額と後に言う金額の差異に疑問が湧いた。

「いえ……四万いくらで……」と歯切れの悪い言い方に
「確かに三万円台と言ったでしょ」と。

私の鼻息の荒さに圧倒されたのか、

「いえ……」

こんな言った言わないを争ったところで、録音していたわけでもないし、こちらは車を修理してもらった立場ゆえに、潔くあきらめ車を届けてもらった。

玄関で業者が中々請求書を渡さないで雑談ばかりするので、私はますます疑念が拭えない思いでいた。

「明細を見せてください」と言って、業者がおもむろに差し出す明細書を見るやいなや、原因が分かった。

消費税の加算を忘れて報告をしたのではないかと。

私は思わず「消費税を入れ忘れたのだ」と聞こえるように独り言を、無言の業者。お金を渡すとそそくさと急ぎ帰って行った。少し心が痛んだのか、帰りの挨拶もろくにしなかった。

「まったく、もう、油断も隙もない」と、再度、怒りがこみあがってきた。

しかし、昨日の今日で勘が鈍っているのだと言いたかったのか、どうも女、年配となると軽んじられる傾向にある。今までの人生でいろいろと感じる場面を体験してきたがまたしてもか。

（残念ながら、私の頭は正常範囲なのですが、若干物忘れは多発するが……）

消費税をプラスするのを忘れたら忘れたで素直に謝ればいいことなのに。これは、個人の人格の問題ではないかしら。こんなミスはあることなのだから正直に言えばいい。自分のミスを認めないで言い張った姿勢に嫌気がさした。他でも経験済みなのかもしれない。

ふと、この業者に来月の車検を依頼してあったことを思い出すと、悔しくて悔しくてたまらない気持ち……

（キャンセルしようか）と脳裏をよぎる。（車検なんてガソリンスタンドでは大モテなのだから）と、負け惜しみの心が湧き起こり惨めな気持ちになった。が、毎回の車検時の作業員は誠実そのもの。

ゆえに、修理と車検は別物だから、連動した考えはやめよう。

詐欺とは断定しないが、もっと心を入れ替えてもらいたいものだ。

業者にイエローカードだ！

温　泉

ホテルの指定された部屋へと向かった。

薄暗い廊下を行くと、木戸の玄関があり左の柱に〝よしの〟と表札があった。その玄関も薄暗く二十ワットくらいの明るさしかない。

主人と私は案内された部屋に入った。

居間らしき部屋に入って荷物を置くと、床の間に飾ってある掛け軸が、それとなく気になった。全体に柳の葉の模様で、これと言って何を描くでもなく広めの幅に洋画っぽい絵にも見える。

柳の葉は、垂れ下がっているため昔から不気味さが伝わるイメージ。幽霊が出没する怪談が未だに頭をよぎる。古臭い感はあるが。

まずお茶を入れながら、温泉に来た解放感でテレビを見る。としばらくすると、テレビがカチッと切れる。

「故障かな」リモコンを押すとつく。しばらく見ているとまた、カチッと切れる。昔の宿のテレビみたいに百円でも入れるのかな。今までのはサービス料金範囲として、テレビの横に小銭を入れる缶がついていたので触ってみたが、またリモコンでついたので、それはないな。

しばらく見ていると、またカチッと切れた。これでは、おちおちテレビを見ていられない。面倒くさいので主人も私も諦めた。「故障しているかもしれない」と、後で食事に行った時に尋ねようということにした。

手のかかるテレビのようで、面倒見きれず放置することに同意した。

そう決めたら、テレビがついた。

「うん？」

「どういうこと？」

主人と私は顔を見合わせた。ちょっと気持ちが動揺してきた。そのまま見ているとまた切れる。

その感覚は十分ぐらいだった。

とにかく、夕食の時間になったのでテレビを切った。

「たしかに、切ったよ」

「了解」と二人で声をかけ合いながら部屋を出た。

「部屋に帰ったらついていたりして」と、また良からぬ想像をしながらつぶやいた私だが、宿のご馳走への期待の方が上回った。

今時の食事は、バイキング形式なので好きな物を食べて満足すると、そこそこに終わり部屋に戻った。

案の定、確かに元のスイッチを切ったはずのテレビがついていた。

「どういうこと？」

「もし……誰かいるんですか」

「し～ん」

「今日は私たちの貸し切りですよ……」と、声を荒げて言いながら辺りを見回した。

ほんとに誰もつけてないテレビが自然とついていた。

ほっておくとまた切れる。しばらくするとまたつく。単なる機械の調子でもなさそうで私は不気味さを感じ始めた。ところが、早くも主人は「ガーコー、ガーコー」と、夕食のビールと日本酒が効いてきたのか睡魔には勝てずに眠っている。私は置き去りにされたようで熟睡の主人が恨めしくなった。まったく頼りにならないんだから。

その夜は暗闇で過ごす沈黙した時間に耐えられず、一晩中部屋の電気をつけっぱなしで寝ることにした。

暗くすると恐怖が襲ってきそうだった。

翌朝、主人が先に目覚めると玄関との間仕切りの襖を開けようとしたが、固くて開かなかったと言う。おかしい。襖に鍵はないし、そのことを知らない私が起きてなにげに軽くすぅーっとあけた。

この状況にさすがの主人も不気味さを感じ始めたようで、

「この部屋に、よしのさんがいるのか」

「そんな、まさか、そんなことを言わないでよ」と鳥肌が立つのを覚え主人の側に行き背中にしがみついた。

主人曰く、この温泉街は、昔多くの芸者さんがいたらしい。この部屋はその時の芸者さんが宿泊していたのではないかと。表札にあった〝よしの〟さんの部屋かもしれない。俺たちが立ち入ってはいけない場所なのかもしれない、と。

いざ正体の見えないものとの葛藤が始まった。呼吸が荒くなるのを覚えた。

「そういえば俺が予約する時、満室だから特別室になるがいいかと聞いたよ」と、特別室とはこういうことかもしれない。私たちは勝手に解釈をした。

「酷い特別室を案内されたものだ」

「それで料金はほかの部屋と同じかな？」

「スリルを味合わせたと言って、倍の値段かも」

「まさか、ありえない！」

この期に及んで冗談でかわすとは、恐怖が迫った時のやせ我慢の主人の言動を感じた。

このホテルはお湯がいいので三回利用しているが、この部屋をあてがわれるとは、まだ常連扱いではなさそうだ。

主人は私におかまいなしと言わんばかりに、早々に無言で荷物をまとめ始めた。半分実話っぽくなりだしたので、さすがの主人もいてもたってもいられなくなったのだろう。逃げるが勝ちの精神かな。そんな薄情者だったかな。釈然としないものの、こんな議論をしている場合じゃないと、終止符を打ったようだ。どうやら意外と肝っ玉の小さい人だと、改めて思った。私も置いて行かれないように荷物をバッグに詰めた。

だんだんこの空気感に耐えられなくなってきた。

朝食の時間になり、主人の後を追うように荷物を持って出た。

一時《いっとき》もあの不気味な部屋にいられなかった。

温泉の梯子をしなきゃ身体が温まらないよ。

めまい

何、なに？　目が覚めたらおかしい。体が変。起き上がれない。ちょっと右向く、左向くと激しいめまいが襲ってきた。

朝目覚めると、決まってトイレ直行と行きたいところだが、立ち上がれない。

おまけに吐き気も伴っている。

何なの？　ぼんやりする。

しかし、自然現象は待ったなしで我慢できない、意識はある。廊下を這いつくばってトイレのドアまで三メートルの距離が遠くに感じた。が、何とかセーフ。どこにもお漏らししなしで安堵する。

すると、また激しい嘔吐もやってきた。

これでは日常が過ごせない。と車で三十分の所にいる息子に携帯で連絡をした。

普段は母親きどりでいるが、ここは手も足も借りる外なかった。「老いては子に従え」とか何とか諺にあるが、この時か。この辺で観念してこのカードを使う判断に至った。

つまりサポートを依頼した。

息子は来ると、早速救急搬送の手配をして、入院の準備をし、救急車に乗り込む。我が家を出てから普通に走れば二十分はかかる距離を、十分足らずで病院の救急外来に着いた。待ったなしで、踏切以外はすべてスルーの乗車時間は僅かだった。この一連をやりこなし一応長男として家族の面子を保ってくれた。

こんな体調でも脳裏にはかすかに浮かぶ、救急車で優待券を手にした感がよぎった。〝そこのけ　そこのけ　お馬さんがとおる〟ではないが、おばさんが通るぞ！　と息巻いたようで王様気分だった。韓国ドラマの見過ぎかな？

しかし、それからが長い。なんと長い。

コロナ禍のせいか、救急隊員はひとまず救急車にて待つよう、病院側から指示されたらしい。

「暫く待って下さい」と隊員に告げられた。

病院の駐車場に着いたはいいが、諸事情により私は処置もされず、救急車のベッドに寝かされたまま状態。これでは救急搬送の意味が無さそう。

救急外来が混んでいるとは、異常事態だ。

「今日はこれで三回目だ」と。何気に救急隊員同士の出動した会話を耳にした。いずれにしても普段の会話ではあり得ないことのようだ。やっぱりコロナ禍のせいだ、と確信した。

嫌な時代になってしまったようだ。

食事もできないまま、苦しい体に辛さを耐える自信が無くなり目の前が真っ白に、このまま車の中で人生を終えたらどうしようかと一瞬頭をよぎった。

最悪の現実から一縷《いちる》の望みをかけて、

「おおーい、おばさんがめまいと吐き気で約一名閉じ込められているのですが、忘れないで下さいよー」

「放置されていますがー」

声を出す元気もなく心の叫びを発した。

ここは、病院側も症状によってランク付けした対応をしているのかもとゲスな考えが湧いた。

救急隊員もせっかく運んで来た患者を、外に放り出して「あばよ」とはいかないようで動きが取れない上に
「待たせてすみません」と気づかってくれ、優しさを注がれると、少しは気持ちが落ちついた。

病人を扱う大変な仕事のようだ。この期に及んで僅かに救急隊員への感謝が湧いた。

車の中で待つこと一時間半。

前代未聞の状況にもう頭が麻痺してしまい理解不能に陥った。

しかし、いささかベッドが狭く、寝返りも打てず首を動かすだけで、めまいが襲って来る。これを苦痛と言わざるを得ないが、七十過ぎて社会に役立つでもない。むしろおんぶされて過ごす歳に申し訳なさがある。だが心の叫びは一人前のようだ。

「早く楽にしてー」と、決して成仏を願ったわけではないが……

暫くして、やっと十部屋ある一室に運びこまれた。それからが見事です。患者一人に医師二人、看護師は二〜三人くらいが関わって機敏に動いた。検査室へ運ばれたり、素早く診断をし治療に集中する姿勢は、

あっぱれ！

「めまいを止める注射です」「吐き気を止める注射です」と、次から次へと医師と看護師が入れ替わり立ち替わり、一言言って部屋を出て行く姿に返事をしていたら、頭がついていけない。目がまわりそうだ。

「あのう、めまいの患者なのですが」と届くはずもない心の声を発した。

半日足らずの急ピッチでの治療のかいがあって、入院はなしで帰されることになった。

コロナ禍でベッドが足りないのか、感染拡大がこわいのだろうか。

はっ！　と、気がつけばパジャマ姿に裸足。

この状態で帰れと？

私の処置をした部屋にはすでに、次の患者が運びこまれていた。

もはや、医師や看護師は忙しく行きかい私の姿は目に入らないみたいだ。

実は、かつて二十年前にもめまいを発症して、救急搬送され一週間の入院をした過去がある。

家族としてはその方が安心だったようだ。完全看護だけに。

時代は変化して、ましてやコロナ禍に対応すべく固定観念を捨てねばならない。

こうして精一杯の治療をしてもらったのだ。

そうか、病院側は日々人の生命を守るため戦っていることを理解せねばならないのだ。

「あまかった、この姿で帰ります」

まずは「救急搬送ありがとう」

紙スリッパをもらって息子の車に乗って病院におさらばした。

後に治療で精一杯の抗生剤を使ったのか、薬がまだ体内にある内は、まずまずの体調だった。が、薬が切れるとやや辛くなってきた。

金輪際、病気はすまいと誓った。

皮膚科

中々縁のないものだが、また病院通いとなった。昨年と続き今回は右横腹がかゆくなり湿疹ができた。だんだん広範囲になったので皮膚科を受診することにした。また帯状疱疹かな？

確か四～五年後に再発の可能性があると聞いてはいるが。まさか毎年はないだろう。と、昨年と言い今年も同じ月に医者にかかることになった。

待合室は人々で混み合っているというところだろう。頭数でいくと、二十一番目かな。わずか四畳半ほどの部屋に三人掛けのソファーが四個、所狭しと置いてある。ソーシャルディスタンスにはならないかな？

マンション風建物の二階で玄関ドアを開け放し廊下に長椅子もあり、心配な人は寒さよりソーシャルディスタンスを優先して利用する。

待てども中々順番がこない。誰も何も声を発することなくスマホをいじったり、静かに待つ。

「前の人が診察を終えて出たのに、誰も呼ばれない。この混み具合、先生は分かっているのだろうか？」と言いたい。もう受付を終えてかれこれ一時間以上経つが、一向に呼ばれる気配もない。待合室の患者も目立って減らないみたい。

その内に仕切りの塀越しにある診察室から、にこやかに会話をする先生の声が聞こえてきた。

「ちょっとどうなっているのかしら？　友達の医者だか知らないが電話している場合じゃないでしょう。待合室は渋滞してますけど、診察に集中して下さい」と、心の叫びを。内心我慢の限界がきそうだ。少々興奮気味モードだが他の人はどう思っているのだろうか。チラリと目を走らせた。

まるで飼いならされたワンちゃんように静かに待っている。

でもね、病気を治してもらう立場上何も言えない。

この惨めさ。

患者が出ては暫く待たされ次の人が呼ばれるを何回か繰り返し、やっと私の順番がきた。

診察室へ入ると、なんとオンライン診療とやらを目の当たりにした。

「そうだったのか」

あの聞こえていた会話は、パソコン画面の向こうにいる患者の診療をしていたのだった。

テレビのニュースでコロナ感染拡大の対策として、逼迫した医療の現場を緩和するために生み出した、オンライン診療をしていた。先生の周りに五台のパソコンが設置されており、画面ではベッドに座り先生の方を見ている患者が映っていた。

「えっ！」

寝たきりの人の診療をしていた。

足を運んで来た患者とオンラインの患者を、並行して診察をしていることの事実。

だから熟知している人は、黙ってひたすら順番をまつのだ。

この先生は先端医療を担っていた。

突然未知の世界観に出会い、知らないとはいえ何か事情があることを考える余裕すら持てず、自己中心の自分の愚かさを恥じた。

先生の患者を思う人柄と、弱い人（患者）には逆らえないジレンマに陥った。

それにしても窓口のどこかに「オンライン診療と並行している」ことの情報が欲しかった。

またしても自己中心の気持ちが湧いた。

まだまだ未完成な私であると認識した。

検査の旅

腕時計を見ながら、車族の私にはバス停で待つなんて何年ぶりだろうか、新鮮な気分で時刻表を覗いた。周辺の景色に目を奪われ見ていると、町の変化した様子に気づいた。

「あれ、目の前の薬局が……?」壊されて更地になっている。そういえば老夫婦がやっていたが、この時代大手チェーン店にお客が流れて行き、長年あった個人商店は、立ち行かなくなったのかなぁ……と、同じ町内の店に他人事ではすまなくなり、勝手な推測をした。

とはいえ、何度か薬を買ったことはあったが、私も今や大手チェーン店に雑貨類の購入を兼ねて行くので、足が向かなくなっていた。小指の先ほどの責任を感じた。

それにしても、シャッターの下りたままの商店が多い。と、いろいろ思い巡らせていたら、時間通りにバスが来た。

次は電車に乗って一駅だが、普段乗りなれていない私は、Ｓｕｉｃａの存在を忘れ、切符売り場へ向かった。今時切符を購入する人などまずいない。以前は切符売り場で並ぶ光景があったが、今はせいぜいＳｕｉｃａのチャージで二〜三人並ぶぐらい。

そういえば、私だって財布に束ねてあるカード類の中にあったような、バッグから財布を取り出しＳｕｉｃａを見つけるとタッチして改札を、通過した。

電車内の雰囲気も新鮮、でも以前とちょっと違う。みんな下を向きスマホを片手に何やらやっている。ラインの会話をしているのだろうが、コロナ禍でもあり心なしかみんな距離を保ちながら時を過ごしている。

車窓を眺めていたら大きなプールのある建物が無くなり、というか、建物はあるがテニスコートに様変わりしているようだ。かつては水着姿の子供達のわいわいがやがやの声が響き、浮き輪を持った幼児の姿が窓越しに見えた。午前中は幼児の練習で午後は児童の時間、中高年の時もあった。私も運動不足解消のために、内科の先生も推奨するので行こうかなと思っていたが、テニスコートに立つ自信はない。残念ながら時代は変化しつつある。置いてきぼりだ。

あったものが無くなるという。品物の問題ではなく、建物自体が影も形も無くなったりで、現代版浦島太郎になってしまった。これは電車ならではの発見。

病院に着くと、早すぎたのかしばらく待たされた。

今日は胃カメラの検査を一ヶ月前に予約しておいた。前回の検査から七年ぶりでちょっと自信がなく、何らかの病名が下されるか心配した。が、結果何もないとの診断で安堵した。最近聞いた話だと、がん細胞は誰もが持っているらしい。と、それでふだん自覚症状に悩まされていたので、若干その傾向があるかもしれないと、自分で病気を作ったようだった。

ともかくにも、現状維持の生活スタイルでいいのだ、と自信をもった。帰りは病院側が最寄り駅まで無料でバスを出してくれているので助かる。検査と言えば朝食抜きで、しかも終了後も三十分くらい飲食はだめと厳しい連絡に心は萎《な》えてしまった。

行きは歩け歩けと自分に言い聞かせ、空腹に挑戦するかのような勢いだったが、検査が終わると緊張がほぐれ、今度はお腹を満たすことに頭が集中してしまう。

家に着いた私は、冷蔵庫にあるものを出し手当たり次第にバカ食いをした。
来週は血液検査が待っている。
また朝食抜きだ。

リフォーム店

洋服のリフォーム店前に車を停めて、店内に入ると、

「遅くなって申し訳ありません」

洋服の出来上がりの指定日より一週間遅れで、引き取りに行った。

「はい、はい」と八十歳前後の白髪の男性店長が、いつものようにカウンターに出てきた。無表情で、昔かたぎで気難しそうにも見えるが、言葉を交わすと優しさがにじみ出てくる。

私はこの店を三十年来、利用している。

頻繁ではないが、パンツ（ズボン）やスカートの裾上げ、スーツの上着の袖丈をつめたりで、出入りして馴染みの顔だと思うが、つまりプチ常連かも、と自負している。

でも店長は、これといって言葉に表現することなく、淡々とした態度で長い間接して

いる。

愛想にはほど遠い。

「最近、いつもの方が見えないですね」

「週に二日だけ来るよ」

「そうですか」どう見ても、店長と年齢が近く奥さんのように思う。

二人だけの経営で身内だとは言わないようで、さすがビジネスに徹している。生活の一部だろうから。

六畳半くらいの店内の広さに、いずれも工業用ミシン四台がおいてあり、店長が縫う箇所に応じて一人で使いこなしているようだ。

しかし、今日に限って、珍しく店長の方から話しかけてきて愚痴を聞かされた。

「どういうわけか、最近リフォームする客が減ってきて、五百円とか千円の服を買っているらしいね」

「えっ！　そうですか？」

客が減ってきたので、店を一人で接客からやっていることの、現況を語っているかのようだった（そんなに安くて買えるかな?）。

と、頼んだ袋を出してきたので、私は点検もせずに持ち帰った。

翌日、袋から出してみると、パンツの丈詰めが異常に短いのにびっくりした。確か四・五センチの詰めだったはずだが、切れ端を見ると十二・五センチ切り取ってあった。

「えっ、なによ、これ切りすぎじゃない!

ちゃんとこれくらいに、とあえて手にとって見せたのに〜。

何故、十二・五センチなの〜」

ガッカリして穿いてみると、かなり短くて恥ずかしい。まだ買ったばかりで、しかも工賃も払って商品価値を失ってしまった。この店に出入りして初めてのことで、ショックでどうしようもなくなった。やはり、あのカウンターのおばさんがいなくなったことも影響してそう。慣れない受付対応したり、直しをして一人でこなすにはややムリが生じたのかな。店長自身も四・五センチとメジャーで測っていたのに。出来上がって受け取る時に、ちゃんと確認すればよかった、と後悔した。

あの店長の「客が減ってきた」と言った言葉を思い出した。

もしかして、そろそろ店長も高齢になり、言いたくはないが老化が高じてミスが発生し客離れが生じたのではないかな？

私と同じような経験をした客が、きっといるはず。

店長は同じ失敗を繰り返しているのかもしれない。

信頼を失いつつあるように思えた。

そう思うと、今さら店に行ってあの老いた店長に言って、かりに工賃を返してもらったところで、この事実は消えない。

強引に言えない人柄と長い付き合い。私もゆく道かもしれない。と、許してしまう気持ちが起きた。

犬に噛まれたと思って、諦めることにした。

梨の農家

ぼんやりと考え事をしていたら、テレビ中継で梨のレシピを紹介しているのが目に入った。

「そうだ、梨の農家へいこう」

毎年買いに行っていたことを忘れていた。

好奇心旺盛の気持ちが動き出した

まだ九月の初旬なのに、夏の暑さが終わり残暑も感じないまま、一気に去って行ったよう。爽やかな風と同時に、自然と食欲が湧いてきた。

この時期になると、毎年のように二十分くらい車を走らせ、あたり一面の田畑で広がるK市の梨直売所へ行く。

季節限定なので、雨風をしのげるような簡素な造りの店が、道路際に数件並んでいる。中でも感じの良いA商店に毎年買いに行く。といっても、一～二軒送って、私が食べる袋詰めを求めるくらい。そんな少量の数でも、気持ちよく接してくれる。まだ三十代半ば頃の若夫婦と、母親の三人でやっている。

いつものように、若奥さんが梨を一口大に切り試食用として勧めてくれた。自然と手をだし、つまようじで一個二個と食べた。みずみずしくて美味しかった。

このあたりは、同じ土壌でどこの店も変わらないと思い、店頭に並ぶ美味しそうな梨で、安ければいいかな、とそんな判断で買う。

〝百グラムでカロリーは低カロリーでダイエット効果あり〟と壁に貼ってあるチラシを目にした。そうと知ったからにはますます食べないわけにはいかない。

ここ数年、足腰が弱くなったので筋肉をつけるために、筋肉運動に通い始めた。もちろん余分な脂肪をとるためのダイエットもかねて。好物を食べてそれがダイエットになり一石二鳥だ。

梨にはいろいろ種類があるようだ。

最初に幸水、豊水、秋月、新高、香。他に二十世紀、長十郎まだまだあるが、この土地でできる代表的なもの。こんなに種類があるとは知らなかった。植わっている木はみんな同じに見えるが、収穫した梨はお店に木箱で分けてある。少しずつではあるができる時期がずれるようだ。梨の時期だからといってずぅーっと梨を食しているわけにもいかず、私はだいたい幸水と二十世紀を買う。

幸水は甘くて瑞々しい。二十世紀はややすっぱみがあって瑞々しい。どちらもメチャクチャ美味しい。

そうこうしていたら、私の車の止め方が悪いと、次の客がクレームを言ってきた。私が来た時は他に誰もいなかったので、広い駐車場を我が物顔で止めた。常連客であろう人からしたら止め方に異議ありのようだ。かなりの量を買い占めるのか、でもお店側は損得勘定をする人達ではない。

確かに知らなかったとはいえ、凡ミスをしてしまったことに反省しきりだ。いい気分も最悪の状態になった。

店の若い息子が、私に、

「こんなふうに、縦に止めてもらえませんか」と手振りで教えてくれた。母親は申し訳なさそうな顔でチラッと私を見る。

私は車にせかせかと戻り、謝りながら、梨を買ったことだし帰ることにした。

夜、ネットで梨について調べてみた。薬効としては、疲労回復、喉の痛み、解熱、消化促進二日酔いに効くとある。また千葉は土壌、気象条件がよく、収穫産出が日本一だとか。

この情報を得たのでこれからもしっかり梨の味を堪能しよう。

バナナ革命

朝食にバナナ一本を必ず食べるように習慣づけている。

以前から塩分の吸収と便秘解消の知識を得ていることで欠かさず食する。

最近のテレビ放送は健康志向の番組が多く、私もシニアの仲間になった以上避けて通れない情報だ。

ストックがなくなるとスーパーマーケットへ行き、常備補充する。バナナもランクが色々あった。が、安いに越したことはない、とあまり深く考えずに、いつも五本つなぎの九十七円にする。

十一月頃から値上げで百十七円になった。

最近物価が高騰しているが、バナナももれなく上がった。「私の健康食なのだからあげないでよね」ぶつぶつ言いながらカートに入れる。

ある日趣味の集まりがあり、お弁当持参で食べていたら、仲間がバナナを一本くれた。

私の買うのより二倍ぐらいも大きい物だった。ちょっと大袈裟かもしれないが、かなり食べがいのある量だった。

すると血圧低下にコレステロール低下等々、生活習慣病予防にいいと教えてくれた。

私の知識の乏しさを痛感した。

因みに「三百円くらいの」だと！

「えっ！」

仲間の話に驚愕した。

この時ピンキリで、中味に差があることを知った。

「そうなの？」

確かに店では、種類ごとにあると思って、単に産地分けのかたまりか金額分けだと理解していただけ。が、そうではなくて、産地と共に成分の違いがあるらしい。

「うそ！」

携帯で調べてみたら、世界レベルだとなんと三百種類以上あるらしい。

「凄い！」

しかもそれぞれの効用がある。甘さ表現も色々あり。元気でいられる栄養素がタップリあることを知った。

日本は主にフィリピン産が多く輸入されているらしい。中でも驚いたのは国産の山口県産で皮ごと食べるバナナがあるという。果物には皮と身の間に栄養成分が豊富と聞いているので、食べてみたくなった（ちょっとバナナさまに感動、こころの中でダンケシェーン）。凄い優れものだった。

「毎日の一本は健康にいいよ」と念押しの説明を聞いた。

百円そこそこのを選んで買っていたのが、間違いではないが……

この日を境にしてバナナの見え方が変わった。頭の先から足の先まで、全身でバナナの意識改革が始まった。

早速帰り道、スーパーへ行くと小ぶりの安いのをやめて、袋の名前を見て少々高めのバナナにした。金額云々ではないが中味にあった価格だろうから。

これが体にどのような効果をもたらすかは疑問だが、多くの種類の選別を経ての評価をされている、と信じて、一気に方向転換をした。

まぁ、単純と言えば単純に違いないかもしれないが、良いことには即行に切り替えができる質《たち》でして、前向きの自慢にしておきます。

しかし、バナナの袋に表示がない物が時々あって選択に困る。

予約

そろそろ髪が伸びたかな、鏡を覗きみて前髪をかきあげると、手帳を取り出しカレンダーを見る。

予約をいつの日にしようか？　判断と選択に迷う。

二ヶ月に一回のペースでカットに行く習慣がある私は、美容室のカードを取り出し電話をする。つい六年前までは予約なしで、私の空いた好きな時間に行って待たされてもその覚悟だった。それはそれで人の髪型を見て研究にもなった。

だが、今は時間刻みの予約制で待合のベンチもほぼ誰も座っていない。かといって都合が悪くなっても連絡なしＯＫ！　遅刻も許され、そこは甘い対応で助かる。いつ何時用事ができるか、他でもないが、馴染みの美容室へは自動車で順調に走れて四十分はかかる。

以前は私の利用する電車の駅構内の五階にあったが、数年前に移転して、車の方が条件が良くなった。

道路事情で混むことを計算に入れて、時間に余裕を持つがそれでも間に合わない時もあり、店に着くと恐縮すること度々……。

着くとスタッフの誰もが笑顔で

「いらっしゃいませ」と、気持ちよく迎えてくれる。

しかし、予約が順調に取れればの話だが。

こちらの希望の日に、電話の向こうでスタッフがノートをパラパラめくりながら予約の対応の様子に、どうも日が合わない時がある。内心はイライラするが、世間では意地で解決できそうもない。

この美容室は四十年近く通っていることもあり、それだけ好感度の良い店でもある。感情をむき出してもしょうがない。と、冷静を取り戻す。

途中五〜六回浮気したことがあるがやっぱり戻った。何故ならば、カットにしてもパーマにしてもそれなりの技術があり、それを認めざるを得ないのだ。

私だけかもしれないが、髪型を綺麗にしたい時がその時で、何とか早くしたい気持ちが優先で我慢ならない。

が、もう経験済みで他の店は考えていない。やむなく一週間くらい先と苦渋の選択をせねばならない時がある。

もはや、店としてはお客の都合ではなく、空いた時間にいかにお客をはめて収入を得るか、効率的な展開に終始する。まるでパズル形式のように。それを考えると表面はお客優先のように見えて、裏はいかにスムーズに客をさばいて店の利益につなげるか、店の経営方針にのっとっているようだ。

まあ、技術の売りものに自信があるのかこれには勝てない。

さて、毎月の白髪染めは、待ったなしで一日先にすれば、白い部分がより目立つ。人前に出られない恥ずかしさが増す。仕方がないので二年前から、染め専門の店を見つけ通い始めた。

しかし、その店も予約制。あまり知られていないのか、まだ今のところ、当日の電話で時間さえ妥協すればできる。この店も連絡なしのキャンセルはＯＫ！

すべては、客が満足すればいいのかもしれない。

しかし、料金が少しずつ上がっていく。店の収入もさることながら客の財布も考えて欲しいものだ。

電話

コロナ禍を迎え、かれこれ三年になるだろうか。友人知人の交流がほとんどなくなり自粛の退屈な毎日を過ごす日が多くなった。

普段お喋り好きな私には、過酷な日々だ。せめてあの友人は何をしているだろうか？と、携帯電話にて、コールするも忙しくしているのか、応答なし。

家電《いえでん》は用なしで、埃をかぶり台の上に置きっぱなし。

たまにかかってくると、訳の分からない迷惑な話や気がつけば営業の餌食《えじき》になっている状態になる。

そう、一歩間違えば詐欺専用電話と化しているようだ。まだ経験はないが、ある知人にはかかったようで。

「大事な会社のお金、五百万を電車内でカバンごと盗まれた。すぐ振り込んで欲しい、お母さん！」

このマニュアル電話待ちなのか？　と思えるように留守電にキャッチがないか度々チェックをする。

こんなに人との付き合いが無かったのだろうか。

皆コロナウイルスにやられたくない警戒心からか、電話での会話すら電波で飛んできそうでためらっている風も感じる。有り得ない妄想に取りつかれているのかもしれない？

他人事ではなく私も片足突っ込んで仲間入り。

「淋しいなぁ」とつぶやきながら、心の乾きを感じた。

自分も暇だけど電話も活躍の場が無くて暇そう。

自宅の固定電話はこんなに使用しないのであれば、思い切って家電《いえでん》を休止にすればいいかな？　電話代も浮くし……

年末に近くなり、美容室へ行った。

美容師さんとの世間話から、

「今何をしている?」と、様々な会話が弾んだところで、電話の休止について意見を聞いてみた。

「いいんじゃないですか」と、賛同を得た。

シニアクラスは大事な書類等を書く時に、自宅の電話番号が書けなくなると信用問題になるかと、社会的な方向で考えてしまう。周りの人の見えない表情まで気にする。この優柔不断さは、今まで生きてきたいろいろな場面で、刷り込められた自分がいることに嫌悪感を抱く時がままある。

そこで素直に聞いてみた。

四十代の美容師さんは「使っていないのだったら必要ないのでは?」

「迷惑と営業だけはかかってくるけどね」

「じゃあ、お客さんの年齢だと惑わされてしまうから、無くても」

四十代の息子とほぼ同じ答えが返った。

私の年代はみな「一応置いておく」が圧倒的に多い。自分では中々決心がつかなくて、よくテレビがやっているように周りの人の意見を聞いて自然に統計を取っていた。

大袈裟だけど。
やはり年代と共に考え方も価値観も変化することに納得した。
それで「えいっ！」と、四十代流の考えに決めた。
後日釈然としないものの、ＮＴＴに電話をして休止を依頼した。
前日まで、もやもや感はあったが。
「もう私の年代の時代ではない、子供達に託す時だ」
いつしかこんな保守的な人間になったことの自分を非難しながら。
「これでいいのだろうか」の繰り返しだ。

洗濯物

「今日の天気はどんよりした曇り空。時間によって、また所によっては雨が降る可能性もあり」と、放送で流れた。最近のテレビの予報は当たる確率がかなり高い。しかし、今日に限っては外れることを願う。神様！

いつもだとこんな日に洗濯はしないのだが、用事があって外出が続き、なんと四日分の洗濯物が溜まった。もう着替えが底をついてきたこともあり、少しでも乾いてくれればありがたいところ。

ただ問題は「所によって」の場所でないことを願いつつ、ベランダで干していた。すると、ベランダから見える我が家に面している通りを、早くもビニール傘を広げて歩く中年の女性を見た。

「えっ！　もう雨が降っている？」と、

しみじみと手を出し外を見つめるが、ぶら下がってはいそうだが雨粒を目撃しない。と結論付けた。

なーんだ、まだ降ってもいないのにおかしな人。子供が傘で遊ぶ姿は可愛いが、中年おばさんでは様《さま》にならないよ。と、ちょっと小ばかにした。

すると、傘を広げて肩に置いた中年おばさんも私を見て歯を見せた。ようするに雨が降るのにと言わんばかりの自信満々の態度で、ニヤリとしながら私に挑戦状を叩きつけたみたいだ。

何？　何？

今日みたいな天気に、馬鹿馬鹿しいと嘲笑《あざわら》うかのように得意気だ。

私も変人扱いにされた？

だが乾かしたい一心の私は、ひたすら洗濯物を干すことに執着した。中年おばさんはただ単に空模様を知らせただけかもしれないが、私には心の戦場が始まったと言わんばかりに、心がざわついた。何だかこんなことにすぐに反応してしまう敏感な私の性格も呆れてしまう。常々鈍感になりたいと思うが、今さら長年付き合ってきた性格を変えることはできない。あまり人目を気にしないようになりたいのだが。と、ギリギリの攻防が始まった。

こんな天気だが私は外干したいの！　と、ささやかな抵抗を覚えた。

すると、私の目がだんだん怒りでメラメラしてきた。

無視を決め込んで干していたが、その勢いがいつしか消滅してだんだんと伏し目がちになり首をすくめた。

ふと振り向くと、なんと、中年おばさんも振り返り、また目が合ってしまった。

どうしてこうもタイミングが合うのか？

会話を交わすことも無く、中年おばさんはこれ見よがしに得意気に傘を回しながら歩いている。

「もう降るよ」

「まだよ」

こんな言葉が出そうで出ない、沈黙の空間で目のバトルが気にさわった。

中年おばさんの方が優勢なのか？

それとも私の祈りが勝つのか？
どうも勝負の世界観になる傾向に、祖先に勝負師なる人物がいたのかと疑いたくなる。
中年おばさんは通り過ぎる人に目もくれず、やたらこちらを振り向きながら行った。
「やれやれ」やっと心が解放された。
しかし、一時間もしない内に案の定雨が降り出した。
「やっぱり……」
敗北を感じた。
仕方ないので、干した洗濯物を取り込んで乾燥機にかけに行った。
空模様と同じ心。

愛犬家

朝に夕に犬の散歩は飼っている以上は義務だ。

冬の夕方散歩は四時頃、夏場は六時過ぎにピークを迎える。いずれも私のウォーキング時間帯と重なる。

大の犬好きで出会うとすぐ手を出したくなる癖がある。

もちろん犬も応えてくれ私の側に体ごとすり寄って来る。触らせてくれるので頭を撫でる。すると、飼い主が犬に代わってお礼を言う。

中には人見知り犬もいて見向きもしないで通り過ぎるが、人間にもいろいろな性格があるように、犬にもあるのだなと納得する。

仕方ない。

しかし、最近の犬は雑種犬が少ないみたい。今は小型犬の高級志向が主流になっている。

あるショッピングモールにあるペットショップを覗いた。

売られている犬を見たら、茶色のトイプードルは四十三万、マルチーズが二十七万、ヨークシャーテリアが二十七万等かなり高額値が付いていていた。

「えっー！」と驚いた。

「そんなにするの！」

みんな大枚はたいて家族に迎えるのだ。

私も以前、シーズー犬、マルチーズ犬を飼っていた。

シーズーは知人宅で生まれたので
「飼ってくれないか？」と言われたご縁で家族になった。

マルチーズはペットショップで、偶然見つけた生後六ヶ月とかなり成長していたので比較的安く済んだ。そんな出会いで迎えたので多額のお金が動いていなかった。

我が家の経済状態に協力的な愛犬だった。

問題はそれから費用がかかること。

毎月のトリミング、年に一回のワクチン接種、狂犬病予防接種と夏になると蚊の予防薬を毎月一回服用する薬を半年間分。と人間の赤ちゃん並みに健康管理する。

小型犬は七歳を過ぎるとシニアクラスになり、大抵が心臓病にかかる。毎月ペットクリニックに行き薬の処方をしてもらう。

こんなに愛情をかけるのだから家族の一員であることに間違いない。何と言っても心を癒してくれる存在。

今や数十万のお金を出してまでも買って飼う時代になった。

こんな高級志向の犬選びは、日本の庶民の生活が豊かになった証拠かもしれない。

その昔、三十数年前は雑種犬が多くて、犬が飼いたかったらどこかで生まれるのを待ってもらいに行ったものだが。当然のことながら血統書付きの犬はあまり見なかった。たまに資産家の象徴として小型犬を連れて歩く姿を見るぐらいだった。

今や逆転して犬を飼いたかったらペットショップへ行って、選り取り見取りで買って来る時代へと変化した。誰もがすぐに手に入れることができる。

でもね、これだけは変わらない。

犬にも老後があり、ましてや長生きは人間だけではなく、白内障や認知症を患ってしまう。悲しい現実に遭遇する。許容範囲だろうか。

断捨離

数年前から何気に心に留めるようになった。

テレビ番組や書店での本を目にするようになってから、そろそろしないといけないかな？

若かりし頃は聞いたとしても、頭の隅にとどめておくことすらできなかった。

もっとも最近流行り出した言葉かもしれないが、この頃やけに気になりだした。

チリ一つで気になる神経質なタイプではないが、年齢のせいで掃除の目の位置が変わったと言うべきだろうか。

押入れの中、洋服ダンス、収納棚といい、長い間使われなくなった物が場所をとり窮屈になっていた。

将来の引っ越しがあった場合に備えて、少し整理をしてみることにした。コロナ禍で家にいる時間が多いこともあって、むしろいい機会と思い行動開始に余念がない。

「いる？　いらない？」と、独立した子供達の物もあるが、すでに放棄したとみなし誰に遠慮はいらないと動物的直感で勝負だ。息巻いて袋詰めをして、曜日確認をするとどんどん集積所へ出した。

あまり長い間しまっておくと、二度と使わない物が溜まり、貯金利息なら嬉しいが、カビがついていては嫌な臭いを放つ。処分せざるをえない状態になっているものが大量にあった。

放置していたことと、いかに物への感謝が足りなかったかの反省をしつつ、大胆な行動にでた。

特にバッグ類は、なまじっかな革製品は特に嫌な臭いを放ちカビも半端ない状態だ。といっても殆どが合皮の安価な物で未練がましく執着することもない。

洋服類はボロボロ状態ではないが、すでに流行が去り、ここで着てしまうと年齢がばれてしまう。いくつになっても、歳は隠したい。私もまだ立派な女性の一人だ。

よく女の人は化粧の仕方で、特に眉毛の描き方でその人の青春時代が分かる。と、私なりの理屈で逆算してみる。

（この人の青春時代は昭和は四十年代かな？）と、電車内で向かい側の人を裁く。それでほぼ年齢を読み解く。この発想は自分の領域であって、退屈な電車での私の遊びに過ぎない。年齢当てに挑戦の癖がある。私を除外視して。

さて、かなり処分してすっきりしたかと思いきや、まだまだ捨てきれない、思い入れの深い物が息づいていた。捨てる？　捨てない？　と、気持ちが複雑に絡み合い断捨離に「待った！」をかけたようだ。

現状維持の心がうごめいた。

やれやれ、こんなことを繰り返しながら生涯片づけから卒業できないかもしれない。

性

〝性被害〟とやたら騒がれる時代を迎える昨今。力の弱い子供や女性がだんまりを止め、堂々と世論に訴えている。

以前は我慢して闇に葬られることが平然と行なわれていた。が、権力がもの言う時代はもう終わりだ。

しかし、今やSNS等の情報化時代に個人の名指しで出して、また被害者も臆することなく堂々と名前を出す。

「体を汚された、恥ずかしめを受けた」と、恨み辛みを披露する。

一方加害者側となった者は、芸能界だったり、スポーツ界での活躍に天狗でいると、自分の行いで足元をすくわれてしまう。

すると、一気に奈落の底に突き落とされてたちまち仕事をなくして無収入になり干されてしまう事態に。

いずれにしても、社会で普通のサラリーマン以外の人気がつきものの仕事だと、週刊誌やテレビのニュースやワイドショー等で事実を暴露され叩かれる始末。

まっ、ファンあっての仕事だから仕方ないのかな。

気の毒だがUターンして自分に返って来ただけのこと。

週刊誌の書き方もその会社独自の目線で、根底に何やら潜むものがあるのか、雑誌売り上げにこの手しかなくなったのか。男性であるがゆえに男性の性は分かるだろうが、傲慢な態度は叩き潰す価値に値するのか。

あの態度で何十億の稼ぎがあるというから、雑誌社も正義がうごめいたのだろうか?

徐々にではあるが、世間が女性の味方をするように変化してきつつあるようだ。

でも時間がたてばたつほど、その場に居合わせた女性の心は無視され性の餌食になっている。

女性も男性と酒を酌み交わす行為にあまり開放的になりすぎると、好きでもない人に体を汚され、もしもその後に妊娠でもしようものなら、心身ともに人生を考え直す出来事に発展してしまう。

男と女の間に決定的な距離が存在することが見えてくることになる。

旗を掲げて訴えたはいいが、まだまだ社会に受けとめる器が無い。現実は厳しいようだ。

ああ、神様は男女平等の性を与えて欲しかった。

男性の性は、赤ちゃん目的だけじゃなく次から次へと一瞬の遊びにして、愛のない行動をしてしまう。悲しいなぁ……

女性は一般的には好意を抱くと、一人の男性に尽くし、心身ともに愛し愛されると満足して何事もなければ生涯一緒に過ごせる。

北海道に冬到来と共に白鳥がやって来るが、この白鳥は夫婦になった相手とは、生涯離れないでどちらかが死ぬまで変わることなく寄り添い生きていくという。それだけ深い愛があるらしい。

テレビで白鳥を見ていていると感動と同時に純粋さを感じた。ただただ妻を見て、ただただ夫を見て生きていく姿が羨ましい。
この時、私も白鳥になりたいと思った。
性加害はますます表面化して行くのかな。

ディズニーランドにて

東京ドーム十個分以上もある広大な敷地を三分の一位しか攻略していないが、孫達と一緒にあちこちの乗り物をこなして歩くこと二時間半、満喫の時をすごしていたが疲れてしまった。一人での行動になり、リタイヤすることにした。ふと見ると空きのベンチがあった。いつもだとベンチも先客がいて中々どうして……

これ幸いと椅子取りゲームをするかのごときに早足で滑り込むように座った。

最近はコロナ禍のためかどこに行っても、中々ベンチを見ることができなくなっていた。

「やれやれ」と、座り込んだ。

一息すると、ふと足元の地面に前者の人がこぼしたであろう直径五センチくらいの範囲のアイスクリームが付いていた。

「次の人のために拭き取って欲しいものだ。後に利用するものは不快感を抱くのに」と、胸の内の愚痴が始まった。正義のおばさんの出番です。

暫くすると、どこからか飛んできた雀が、その足元の液状になっているアイスクリームを飲んでいるようだ。よく見ると、尖った口ばしを直角では舐められないらしく、器用にやや口ばしをねかして地面に平行になるようにチクチク吸っていた。途中警戒心からか首をさかんに振りながらちょっと飲むと顔をあげ、しばし様子を見て安全確認したのかまたチクチクと吸う。時々顔をあげると私と目が合った。危険はないと感じたのか雀は安全人物と判断したようで、逃げることなく続けてアイスクリームを舐め続けた。

辺りは人々が歩いている最中ではあるが、物ともせず甘い物の誘惑に負けたのか？私と同類のようだがアイスクリームで地面を汚したことに不満を抱いていたが、雀にとってはご馳走のようだ。

そんなことを考えていたら、手の平におさまるくらいの雀がこの時ほど愛おしく思ったことはない。と、目を離したすきに、雀は満足したのかどこかへ飛んで行ってしまった。

名残り惜しんでいたら、今度は鳩がちょこちょこと歩いてきた。雀と違って人慣れしているのかひと回り体が大きいためか、さほど警戒心も見せず首を前後しながら堂々と私に向かって、まるで「何か頂戴」とせがまれているように近づいて来た。もらい慣れているのか怖がる様子でもなく、側に来て顔をあげ私と目が合った。

鳩にはどう見えているのだろうか？

その時コーンのお菓子を食べていたので、少し小さく砕いてあげたら喜んで食べてくれた。まだねだっているかのようでどんどんあげた。

あとで考えたら、あげすぎたかもしれない。鳩の体から推測するに胃の大きさを考えたら食べ過ぎになったかも、お腹を壊さなければいいが、罪悪感を覚えた。と、後悔した。

隣のベンチにも出向きねだっているようだった。

暫くすると、今度はカルガモがおしりを左右に振りながらペタペタというか、音は立てていないが、堂々たるもので怖がる気配もせず私の足元にやって来た。

残念ながら食するものがなく、見つめるだけで終わった。雀と鳩は野生の生活のようだが、カルガモはディズニーランド内で飼育されているのだろう。というのも、人工で造られた川に何羽か水面に浮かんでいるのを目撃した。だから食べるものに困らないだろう。いつしか鳥たちの食の心配をしていた。

そうこうしていたら夕暮れになり、私の夕食は何にしようかと思案した。

しかし、今日はこのひと時で三羽の鳥たちに出会い、心が癒された。鳥達を身近で見て生態の一部を知ったひと時でもあったような気がする。

ちょっともの知りになったかもしれない。

戦争止めて

ロシアがウクライナへ侵攻し一年以上が経った。先進国での戦争が始まった。大統領の思い方一つで戦争になり、多くの人々が犠牲になっている。

テレビ画面を通じて毎日状況が分かる。今までは日本から遠い中東の方で、民衆と軍が衝突している国の内戦の様子をちらほら聞いていた。新興国の問題として距離があった。関心がないわけではないが、今ひとつ状況がつかめぬまま過ごしてきた。しかし、この時代に距離はあれども銃を持って人の殺し合いがあり、爆弾投下もすさまじく、町並み、施設、なんと言っても市民の平和な家庭を壊し続けているではないか。

多くの人々が家を壊されて住む所を奪われ、目を被いたくなる惨事。命までも亡くす日常の光景を目の当たりにした。

「戦争とは人が人でなくなる」と聞いたことがある。

信じられないことが現実に起きている。

テレビ画像を見る限り、緑色の大木もどこもかしこも廃墟となり見渡す限りカラー映像のはずがモノクロの町になっている。人々が知恵を絞り築いてきたものがガレキの山になっている。

国連は機能してないのだろうか？

早く救いの手を出して欲しい。

第二次世界大戦でどの国も、「もう戦争は止めよう」。

私利私欲のために町を破壊し、得るものはない。と人々が気がついたのではなかったのか。

「二度と戦争はしない」と、誓ったのではないだろうか。

日本だけが宣誓したの？

それからは、世界が前向きに助け合いの精神で輸出入に力を入れ発展のみを考えてきたと思うが、安定してくるとリーダーの欲というか過去の体制にこだわりが出て、大国が小さな国を奪おうと攪乱《かくらん》に走る。

だいたい二十年もロシアの大統領をすること自体が、天狗にのさばらせてしまう原因ではなかろうか。

日本の総理大臣のように目まぐるしく替わるのも問題だが。なにも決まらない内に大して成果もあげぬ内に、「はい、解散」と言って総理を退く。

挙句の果てに「元総理」と肩書はしっかり付いてまわり、日本特有の忖度にあやかりいい思いをしている。

その時の心の比重はどうであろうか。

つまり、国民の側に立ってどんなことをしたか？

それとも自分の議員としての立場を安定させるために、党の心配ばかりに気を使ったか？

独裁国家は大統領にこの気持ちが顕著にでている。その国内でも国の体制に不満を募らせ、批判めいた発言をすると、移動中のジェット機内で毒を盛られ暗殺される。なにも殺さなくても。かつては自分の側近でいろいろな功績を残したこの逸材をこんな簡単に葬ってもいいの？　国の財産ではないのだろうか。このパターンが何例かある。

日本人からすると、国家が動いて暗殺はありえないからだ。怖い国だ。

と、批判だけは一人前に主張するが私には能力も力も持ち合わせていないから助けられない。と胸を痛めるが……

そこへいくと民主主義の国は有り難い。

私は民主主義の国に生まれて正解だ。

何を言っても許される。

もっとも政治家は国会内であー言った、こう言ったと、非難ごうごうとつつかれているようだ。

何も権力を持たない人間の天国だ。

偉くなるのもそれなりの覚悟してやらないと、地獄に突き落とされる羽目になる。

何の力を持たない私が思うことは、ウクライナの人々の平和な営みができる日常に戻れるよう願います。

命

ある施設のガラスの自動玄関ドアが閉まる寸前に、下を見ると、自分の体の五倍ほどもありそうな獲物を確保している蟻を見た。

獲物は白い蝶だった。しっかりくわえていて、よいしょ、よいしょとひきずるかのように、今まさに玄関ドアにさしかかりレールを乗り越えようとしていた。

ふと、このまま私が移動してしまうとドアが閉まる。せっかく得た獲物を巣穴のファミリーの所へ持ち帰れない。だけではなく、蟻もろとも死に追いやるところだったが、辛うじて足元に目がいった。しゃがんで、しばし蟻が無事にドアのレールを通過するのを待った。蟻はあまりにも無謀な生き方をするものだ。

我関せずの様子で必死に口にくわえていたようにも思えた。

こんな小さな生き物の日常生活をこわしてはならない。やけに愛おしさと生命の大切さを感じた。

昔は、部屋の甘い物に群がっていた蟻をいとも簡単にひねり潰していた。自宅の玄関に数匹の蟻を目撃すると、何をしたわけでもないのに足で踏みつぶした。

この地球に共存していることを認識することもできない愚かな人間だったことに、ショックを受けた。

どれだけのお墓を作ったら、心が休まるか。

最近のテレビを見ていても、牛、馬、鹿、豚の動物達が飼い主さんからご飯をもらって、得意げに食べる様子を見ると可愛いと思える瞬間がある。

この子達も美味しいものをもらって、一生懸命に生きている。しかしそれも数年。いずれ人間の食卓に出て「美味しい」と食べられる運命にある。人間の体は動物達の肉を頂いたもので作られている。するとこの体は、自分のものだけではないのか。

これを理解するのが何十年もかかった。

この世の命あるものがすべてにおいて、愛おしさと感動が湧き起こった。

再生への町

かなり前になるが、犬との散歩道に空き家が目立つようになった。

（えっ！）

この家もあの家も雨戸を閉め切り、長い間開かないようだ。どんどん増えてくる。

それぞれ都合があってのことだろうが。

あの人達はどうしたのだろうか？　と、疑問に思いながらもその家を通り過ぎる毎日。

町から人がいなくなるとは、親しい間柄でもないがなんか物寂しいような気がする。

老人に限らず若い世代の人も他を求めてこの町を出て行った。

空っぽになった家がしばらく放置され、庭の草はぼうぼうと我が物顔で伸び放題。

空家が路地裏に何件もあると、もはや恐怖の通りになり、夕方の時間帯は不気味さも感じる時がある。

そんな時期が十数年くらいあったか？

今では、その土地に新しく今風の家がどんどん建ち並び始めた（そんなに建てて大丈夫？）。

日本の国が人口減少という中、購入者がいるのだろうかと他人事ながら心配をした。

しかし、余計な心配をよそに、以前の人が建て替えたのではなく他の地域から移住してきて、しかも若返りの町になりつつあるようだ。

幼い子供達が増え元気に騒ぐ声が聞こえてくる。

あちらでもこちらでも、どんどん新しい住人が増えてきた。

一時は町内会の運動会に若者がいなくなり取りやめたほどだった。このままいけば老人の町になると密かに心配をしていた。

最近の仕事は何がなんでも首都圏に住まなくても、リモートでの仕事に切り替えができるようになってきたためかもしれない。コロナ禍のメリットかも。

先住人が出て行き見知らぬ人が入って来て、新たなる町ができるのを目の当たりにした。

世代交代がおきて、また町が生き生きと活性化されるようだ。

家の建て方も防犯上なのか、居間にあたる部屋とベランダに出る部屋の窓は大きめだが、他は小さめで人が通ることはできないように作っている。不要な所には窓が少ない。確かに地域掲示板の警察からの張り紙を見ると、空き巣の件数が意外と多い。

時代と共に、社会の変化にあった建築物だ。

我が家はやたらと窓があり、二階の部屋以外は雨戸が付いている。ひと昔前の家。そう考えると窓が少なく、あっても小窓にして明かりどりをしつつ、防犯を考えての作りになっているのかもしれない。時代と共に住みやすい家に様変わりしている。それに今時は雨戸ではなくシャッターが自動で閉まる。ついでにロック。

家並みだけではなく、すべてが変化して生まれ変わろうとしている。私がひと昔前の人間になりつつあるようだ。「何でも聞いて」と言いたいところだが……

そんな家並みを通り過ぎて今日もスーパーマーケットに通う。

来世も

最近やたらこんな言葉を耳にする。

人生百年時代とすれば、折り返し地点をとっくに過ぎた今の付き合いの中でかなり聞く言葉。

ゆえに、自分の周りの家の片付けに着手したり、終活だの、終《つい》の棲家探しだの、先細りの人生を語り合う何ともやりきれない情報を耳にする。要するに死後のことを考えて普段何気なく会話をする。

私にしてみれば綺麗ごとに見える。もっと人生にしがみつき、もがく姿があるものだと思う。

山あり、谷ありの熾烈《しれつ》な日々を過ごした醜い姿こそ、一生懸命さが見える。

それにつけくわえて、夫婦がお互いを謳歌するみたいに「来世も一緒になりたい」

と宣言する。

この身の終わりを容易に口走る。流行り言葉なのだろうか。

宗教家でもないのに来世があると言う。生まれ変わったら「また一緒になりたい！」と？

相手に感謝の意味で残す言葉だろうが。

夫婦にとってお互いが幸せの日々を過ごせたと満足しているのか。それはそれで夫婦円満で何よりだが。

それとも、死別が辛くて最後に手を握りながら慰めとして見送る言葉とかにしているのかもしれない。

正直な心では「次の相手も一緒だなんて考えてない」が大方の答えだと推測する。

当然！

来世なんて何なのか？

死後を見学してきた人がいるわけじゃないし……

もしかしたら、もっといい縁に恵まれるかもしれないのに、「この相手でいい」と？

来世があるとしたら、前世があるはずだ。とすれば生きている今は今世となる。すると、何百年もの記憶を持つことになるが、ああ～詰め込みすぎて頭がついていかない。

いずれにしても宗教家であればこその考え方になるのかもしれない。

普通に日々を送っている人には今しかない。と思って生きている。

因みに私は「来世は別の人に巡り会いたい」と、心密かに願っているが。十年前に夫に先立たれた時もそう思った。夫も何も言葉を発することはなかった。が、きっとそう思ったに違いない。

何か夫婦の実態が見えてきてしまったようだ。

先日、半年前にご主人を亡くした知人から、やっと夫の諸々が片付いたとため息まじりの電話があった。

長話ついでに、世間では「来世も一緒になりたいというが、どう思う？」と、質問された。普段お互いに気がおける相手と見込んで、「出会いたくない」と本音を言った。

電話の向こうでは頷く様子。

もちろん知人も、「いろいろあったからありえない」と返答が帰ってきた。私の反応で言いやすかったようだ。お互い次は別の人と合致した。

それに付け加え「また一緒だなんて、このぐらいでいいと思っているのかも、また愛情を深めるのが大変だから」ということは、逝っても生まれ変わりがあると確信しているのだろう。今の愛の深さがそのまま継続していると？

真剣に考えることではない。見送る側と送られる側の別れの臨場感に安らぎの言葉を発したに過ぎないのであろうが。それはそれで慈悲心の表れかもしれない。

今どき

ゴールデンウィークとなれば、皆旅行に出かけたりで外出する人が多く、人々の移動が激しくなっている。当然の如く私もその仲間になりたいが、私の知識ではホテル、乗車券等は窓口の直行突破しか方法を知らない。今流行りのスマホのアプリを使いこなしての予約に自信がない。

そんなわけで、川べりのバーベキューとか、山の散策コース、近場の温泉を考えあぐねた結果どの案も没。万策尽きたところで都内観光にした。

ある記憶がよみがえり銀ぶらに決め込んだ（昔はあの人混みが好きだった）。

しかし、いざ来てみるとさほどの混雑も無く、観光団もいない。歩行者天国も無し。

（あれれ？　あの賑やかな銀座はどこへ）

コロナ禍がまだ影響しているのだろうか？

人の流れが少ない。

固定観念が完全にくつがえされた。

やや寂しささえも感じた。

道中の電車内でもある変化に驚いた。

銀座の街はもちろんのこと、都内地下鉄の乗降客の足元を見ると、スニーカーというかひも付き運動靴を殆どの人が穿いていて、女性も年齢関係なくヒールの靴は数人で数えるくらいだ。

バッグは背中にリュックサックを背負う。おしゃれの仕方が様変わり、どうやら世の中は実用性重視の時代に変化したようだ。

昔から銀座へ行くときは、臆することなくせいいっぱいのオシャレをして行ったものだ。

千葉県在住の松戸からリュックで運動靴のスタイルは見劣りすることなく、銀座に慣れ親しみ楽しめた。

それはそれで助かったが、あのきらびやかな大都会の東京のはずが、あまりにも身近過ぎてどこにでもある町になってしまったみたい。
戦後からすべてにおいて超一流の町銀座。
世界でも名の知れた銀座。
きっと私はちょっとだけ夢を見た銀座だったに違いない。
あなどってはいけない。

睡眠

二年前頃から乱れるようになった。

若かりし頃は、布団に入ると直ぐに寝ている状態だったが、最近は二〜三時間は寝付けず寝返りを繰り返す有り様。眠りにつけたとしても夜中の一時前後に目覚めてしまう。それから三〜四時間覚醒してしまい明け方寝る始末。合計すると五時間くらいの睡眠だ。

この傾向は、まだら睡眠というらしいが……

急にこのような状態に陥り、かつての熟睡モードに入れない。この傾向に慣れず、余計気にしてしまい夜寝るのがちょっと憂鬱になってくる。

日中の嫌なことは忘れられ、リセットするチャンスとばかりに寝るくらい幸せな時間はないはずなのに。

ある年齢がくると、みなこの傾向になるのかしら？

テレビコマーシャルで〝ストレス解消睡眠を助けてくれる〟という飲料水を目にし、毎夜飲んで寝る。効いているような、効いていないような気がするけど、確かに寝付きは悪くない。

内科の若い女医先生に聞いてみた。

「だったら寝る時間をずらして、一時頃寝たらいいじゃない」と。

「えっ！　覚醒時間を引き算して寝る？」

一時まで寝ないで起きていて解決する問題では、なさそうな気がするが。眠い時を我慢してしまうと、いざ寝ようと思う時に中々寝付けないのは私だけが感じるものだろうか？

余計覚醒してしまいそうだ。

頭の中の計算で通して寝る方法をいとも簡単に、聞きようによっては無責任発言ではなかろうかと思えるようだが。現実に悩める患者を前にして、これが治療なの？生身の人間を相手にこれでいいと？

眠れない病の患者に言うこと？

これが医者の回答？

これはテレビで病気撃退法とか何とかいって、医師が出演した話から得た知識だが、そこそこの運動したり、寝る前はテレビや携帯を遠ざけるとか、こんな食事をするといいとか他にアドバイスはないものか。他意はないが納得のいく回答が欲しい。もう少し眠れなくて苦しんでいる患者の気持ちに寄り添ってくれたら。

この時は、経験の浅い医者に上から目線で反発心を覚えた。学識のある医者に唯一勝ったと思った。

風邪や胃が痛む場合は追いすがりたい立場だが、これも立派な病気でやってきたのに、大学病院で講義を聞いたままを実践しているようだ。

この身を預けていいものだろうか。不安がよぎった。一応眠剤の処方箋を出してもらい帰ったが……

今日もまた継ぎはぎの睡眠にチャレンジをすることになるのかもしれない。

悪魔

住宅地の道路沿いにそって立つ我が家。

ごく普通の三十年経過した目立つ家でもないが、何故かいたずらなことが深夜におこる。

朝、起きるといろんな変化に遭遇する。

随分前になるが、台所の外壁に家の周りのフェンスとの空間の一メートル幅に西日があたり、温もりを求めて近所の猫がやってくる。そこで体を丸くしてしばし仮眠をしている姿に可愛さで癒される。しかし、草が生えてきて寝心地は今一《いち》だろうと思い、猫サイズの丁度いい段ボールにバスタオルをしいておいた。

「待ってました！」と、言わんばかりに満足そうに何とも言えない顔ですやすや寝ている猫ちゃん。私の心もしてやったりで満足感でいっぱいである。ところが、ある日、そのダンボールがなくなっていた。

その辺にバスタオルも落ちていない。

「風に吹かれて飛ぶとは考えにくい」

「故意に下から持ち上げないと……」

「猫ちゃんのベッドを返せ！」

最近は数々の難事件が起きる。

庭にある水場に、長いホースを蛇口に装着して僅かにある庭木に水をやる。そのホースが蛇口のところから切り離されている。

えっ！

切り口は明らかに刃物で切断されている。

「だれ！」

「植木に水があげられないじゃない！」

庭の入り口には鍵をかけているので、ドア型フェンスを乗り越えないと敷地内に入れない。

一メートルもある高さの塀は
「年寄りでは無理だ！」

ただ疑問が残る。隣との境目のフェンスに踏み台昇降にと、一ヶ所にコンクリート
ブロックが二段積み重ねられている。

「ということは、隣人？」

「らしき住人は……」

得意の深追いが始まった。

しかし、隣人となるとめったな動きはできない。トラブってしまうと、安らぎの我
が家で枕を高くして眠れない。と、夢と現実を行き来している。

だが、庭での出来事はこれで終わらない。

ある日、庭の草取りをするために出てみたら、タバコの吸いかけが一本落ちていた。

私は吸いません。

「風に吹かれて飛んできた？」他のゴミと一緒なら考えられなくもないが……

「あり得ない！」

するど庭の端っこにも、濃い緑色のマスクが落ちていた。

「若者がつけそうなマスクだ！」

と、すぐ若者と結びつける固定観念が嫌われてしまうかもしれないが、かなり個性的な色合いだ。

やはり、深夜に誰かが音を立てずにコッソリと敷地内に入り込んできている。

正体不明のものに怒りを覚えた。

数々の不思議の現象に交番もひらめいたが、証拠品のみで訴えたところで、相手にされないだろう。と、諦めることにした。

いぜん二階の窓につけてある網戸を、やはり綺麗に刃物で切り取られていた。その時はさすがに交番に届けてお巡りさん出動したが、結局犯人の姿をとるために防犯カメラの設置、気配を感じたらパッと電気がつくようなものを取り付けるといい、と言いおいて帰った。

その後解決に至らない。

誰が、なんの目的でするのか？

いろいろ恨みも考えたが思いつかない。でも、こうして他人への迷惑行為を顧みずやっていると、きっと自分に悪事が降りかかってくるであろう。と、信じてやまない被害者になりきっている。

私も直接自分の体に危害を与えるでもないことから、最近は放置気味。と言いつつもこれ以上エスカレートしなければいいがと、不安感をぬぐえないでいるが。

変化に気づくとしても、夜中の出来事に寝ずの監視も難しい。睡眠不足で体を壊しても仕方がない。

世の中の事件の一つとして、異議を申し立てるが、次にまた不穏な動きがあるかと思うと無力な自分にはがゆい。平和な我が家でありたい。

何故そこに

夕方の六時過ぎに、家篭《いえごも》りを解消するべく軽装に着替えた。スマホと財布をポシェットに入れ玄関を出ると、外の空気は気持ちがいい。

「さぁ今日も歩こう」

心に気合いをかけると歩き出す。

もれなく私もウォーキングの仲間入りデビュー。

サッサッと歩が進む日もあれば、体が重く一歩一歩が前に出にくい日もある。今日は比較的軽く足が出る方だ。そんな僅かな体調変化を感じつつ歩く。

緩やかな下り坂に差し掛かると、十メートル先に女のひとが歩道の端で地べたに座り込んでいた。

「えっ？　……どうしたのかな？」

見れば三十代前後の長い髪で白っぽいTシャツにベージュ色のズボンの女性が、うつむき加減に座ったままで、やたらに髪を撫で上げていた。

あら大変！　ただ事ならぬ状況に思えた。

「どうなさいました」と、目の前の無視できない状況に自然と声をかけた。

私が近づく前にも二〜三人の男性がすれ違ったが、その女性を見たものの通り過ぎた。夕方の忙しい時間帯でもあってか、又はかかわりたくない主義かなと思ってみたが、さすがに私は何もせず通過できなかった。

一声かけなくてはと、正義の心がつき動かされた。

普段からおせっかいおばさんの気がうずき、見知らぬ人と知りつつ、また若い女性のようなので、厄介な問題になることもないだろう、と躊躇することなく「大丈夫ですか？」と言うとかすかに首を縦にふる。

大丈夫の合図のようだが、歩道に座り込む姿は誰がどう見ても疑問を抱く様子に放置できない。深追いが始まった。私の脳裏には、熱中症かしら？　と浮かんだ。

確かに、息苦しそうでもなさそうなので救急車を呼ぶまではしないが、しばし女の人の側で目線を同じ位置にして動向を心配した。

その人はやたら髪を触る癖があるのか、右手だったり左手だったりと、肩よりも長い髪をかきあげた。途中頭のてっぺんを人差し指で触る。そこには三日月のような五センチくらいのはげがあった。術後かなんかの跡なのか、ちょっとびっくりした。普通は隠したがるのに、ましてや若い女性ならば、なおのこと人目にさらしたくないものだろうに……

ただ単に剃ってまだ生えてこないようでもない。遠い昔に怪我をしたのか、茶色の頭皮があらわに出ていた。何故、この女性はわざわざそのはげを触って私に見せるのか、長い髪をまとめれば隠れてしまうのに……

恥ずかしいだろうに。

一瞬考えたが、逆にちょっと薄気味が悪くなってきた。何故か、感覚が生々しくなってきた。

声をかけたものの、その女性が普通の状態に見えなくなってきた。

ゆっくりと側を黙って離れ立ち去った。

夜、布団の中でそのことがよみがえった。

あれは何だったのだろうか？

人間の姿をした何か？

最初から思い出してみたが、わざとこのはげを見てと言わんばかりの仕草であったような……

しかし、あの時すれ違った男性達は、見抜いて知らんふりをしたのだろうか？

ただ単に関わりたくないと、思ったのか……？

大体騙されやすい私は、その現場を見ただけで大変！　何とかしなければと単純に人助けの心が動く。

この性格で長年生きてきたが、やっぱり早とちりだったりで、かえって事を荒立てたりの失敗をしてきた反省が、未だ学習できていないようだ。

穏やかな日々を過ごそうと思いつつ、あらぬ方向へ頭が働く。

やれやれ、成長ホルモンはもう働かないのか。

透明の小瓶

独立している息子がたまに家に帰ると、何気なく部屋のかたづけをしてくれる。

「これ、捨てて」と、小瓶を渡された。

見ると、いまは亡き夫が大事にしていた物で、引き出しにしまっておいた。その引き出しの付いていた小物入れを処分済みで、おき場所も無くなり部屋の雑貨類と一緒にしまい込んでいたようだ。夫が亡くなって十年になるが、いまだその小瓶が出てくるところを見ると一応、大事にしまってあったということになる。

紛れもなく相撲好きな夫の持ち物であった。

高さ五センチ、直径三センチほどの丸い透明の小瓶にコルクの蓋。さも日本伝統の国技の一部を象徴するかのような古めかしい丸瓶には、「国技館　土俵の土」のラベルが貼ってある。中には黄土色の土が入っている。あのテレビで見る土俵の土であると確信した。実際土俵にあがったわけではないが、女性は土俵に立つことは禁止されているというから小瓶に貼られているラベルを信じよう。

息子も、父が相撲愛好家であったことは承知している。自分で捨てる勇気が持てずに、私に処分を依頼したと見える。

私とて、夫があんなに好きだった相撲の一部、まるで小瓶の中に夫の魂が宿っているようで捨てられない。まずは化粧棚の箱にしまっておいた。小瓶の行先は定まらず大事に扱っているかどうか？　少し疑問の残るところではある。

私は夫ほどの相撲ファンでもないが、一度だけ国技館で相撲観戦チャンスがあった。後から聞いた話だが、職場の関係で「〇日が空いてしまったので、社員が行ってくれ」と声がかかり、支店長と係長と、何故か平の同僚のMさんと私の四人で観戦に行った時のこと。本来だと十五日間通しで予約がなされているので、会社関係の人達で埋め尽くされているはずが、中日前は空くことがままあるらしい。Mさんと私はそのことを知る由《よし》もなく、声がかかったのが嬉しくて即返事をした。この組み合わせは陳腐だが、営業で頑張ったご褒美とでもしておくことにした。

そのおかげで、私は人生初めて生の相撲を見た。

指定席は畳席の四角い柵があり、確か前から四番目か五番目辺りだったか……

それでも、土俵でのお相撲さんの取っ組み合いは小さくて人形が動いているようだ。周りを見ると女性の着物姿が目立ち、品もあり、さしずめ料亭かなんかの女将であろうと察した。何故かその姿に目を奪われた。心のどこかに羨ましさが潜んでいたのかもしれない。

四角の枠内は、四人席で大の大人が収まるにはちょっと窮屈を感じた。ましてやこの中で、飲食をするとなると究極の課題かもしれない。昔ながらの建物であり、入る人間も昔に比べるとやや大きめだ。

ます席は今後改善の余地がありそうだ。きっと誰もが感じているだろう。

だが、国技の建築物だからすべてをそのままにして、後世に残したいとの願いでいじることができないのであろう。

余計なお世話だが、勝手に解釈して納得した。

取り組む前の塩まき段階で、事前に届いた弁当やお茶を頂きながら、雑談をする。

といっても支店長クラスとあらば話題に困る。ここは黙って聞いていると、なりゆき上の言葉のはしばしが気にかかってきた。

やっぱり私とMさんは、相撲観戦のできることを招待と思ってはしゃいでいたが、まとが外れた。

つまり、その日の桝《ます》が埋まらないことで一ますの料金がもったいないという。確かに高い料金と聞いているがいくらなのかは知らない。ゆえに会社側としては空席にできない事情がある。穴埋めの要員に過ぎないことの意味を改めて理解した。無知な私が露呈した。

それにしても、そう簡単にます席にて相撲を見るという生涯実現できそうもない体験をさせてもらったことに感謝せざるを得なかった。

テレビを通してでないことに、きらびやかな体験となった。

夜、家に帰ると

「いいなぁ」と、夫が恨めしそうに言った。

（私だって、できるものならとっくに代わってあげたよ）

夫の相撲好きは、今に始まったことではなく、小学時代から二歳上のお兄さんと夢中になっていたと聞いた。休みの日など、暇な時はどこにいても相撲を取り合っていたらしい。

因みに夫は、「大相撲」という月刊誌の読者欄によく投稿していたのを記憶している。そしてたまにその本の相撲関係者からか、偉い方からコメントが届いた。喜んでいる姿は、まるで子供がテストで百点満点をとって、先生に褒められたように嬉しそうだった。

ティッシュ

駅改札を出て構内の広場を歩いていると、久しぶりに復活したのか？

ティッシュ配りの営業マンが、脇からサッと私の目の前にティッシュを上に〝高価買取の〇〇〇屋〟と書いたカラーのチラシ広告を付けて出してきた。

「おたからは、ないですか？」と笑顔で言う。

私はすぐ裏に返して、そのチラシを見ると、〝金〟という文字が目に入った。

「金？……は、ないね」と、ハッキリ応えた。

「アハハ」と、営業マンは多分苦笑いであったと思う。

何故なら、否定されたにもかかわらず私の手には、ティッシュが握られていたから。

多分ターゲットから外れたことに後悔したであろう。

（ティッシュをやって損をした）

しかし、たかがティッシュ如きでちょっとつまずく程度だと思うが、「まっ、考えておきましょう」と、大見栄はって言うと、その場を退散した。お宝は無いに等しいが、さも有るかのごとく、見栄というよりもうそぶいた。

いや、相手には見破られたかもしれない。

(このおばさん、持っていないな)

後で配布資料を見ると、金？　銀？　ブランド品？　宝石？　からきし縁の無い物と判明した。やっぱり私には即ゴミチラシとなる。

しかし、ターゲットにされたことにまんざらでもない気分。

以前にティッシュ配りをあちらこちらで目撃していたが、それもかなり前、十数年前になるかしら？

いろんな場所で、また復活したのだろうか？

家にある引き出しにびっしりと入れてあるから、出かけるとなると、常にそこから出してバッグに入れる。結構重宝している。

だが誰が考えたのかティッシュとは凄い発想だ。常にポケットかバッグに忍ばせる物で、何かと出番が多い物だ。

不特定多数の人混みの行きかう人に惜しげもなく渡す。

以前に聞いた話だが十円もしないという、きっと採算が取れるようになっているのだろう。

今日は他でももらった。

若い女性に差し出されたのを受け取ると、

「ありがとうございます」と、言うではないか。

こちらがただでもらう立場で、かえって恐縮してしまう。

みんながみんな取るわけじゃなくスルーする人もかなりいた。

この時期、まだコロナが消滅したわけでもないから、触りたがらないのかと思ってみたりしたが？

私はティッシュ欲しさでもらってしまった。ちょっと後悔した。

しかし、挟んであるチラシ広告をよく見ると、ティッシュの配り主はなんと〝県警〟だった。その女性は制服ではなく私服だったが、

〝薬物乱用はダメ！　ゼッタイダメ！〟と書いてある。
そんな危険がこんな身近にあるの？
逆に注意信号を投げかけてもらい身の引き締まる思いになった。
同じティッシュでも社会的な貢献するものもある。
されどティッシュだ。

この人生

夕方、いつものようにウォーキングをするべく家を出た。ほど近いところで、個人商店を営む奥さんに出会った。店先には常連さんの差し入れの植木鉢が多数あり、せっせと水やりをしているところだ。面白いことに如雨露《じょうろ》ではなく、ペットボトルに水を入れてやっていた。こんなところにもペットボトルが活躍する。暑くて喉が渇き補給した後の使い道に貢献した。そんな成り行きで常に潤いを与えてもらって生き生きとする植木達。大小合わせると二十個はあるだろう。

面倒見が良いと言えば良いが、なまじっか枯らそうものなら届けたお客様に怒られそうでそれもできないのであろう。と、考え方を変えれば元の持ち主は植木鉢を手に入れたものの、留守がちや手入れ不足で面倒見きれなくて手放したとも思える。お互い様の親切心が成立したようだ。

店の奥さんがお花好きそうに見えて、喜んでもらえると嬉しいとの願いで届けたことも否めない。

まぁ、そんな花のルートはいいとして、ちょっと世間話となる。

「最近、血圧が高くて薬を飲み始めたのよ」

「あら、私はとっくに飲んでいるし、ほかに血液サラサラも飲んでるよ」

「私は他にも糖尿病の薬を飲んでいるのよ」

と、飲んでいる薬の自慢話へと発展した。

気がつけば薬のことで延々とお喋りに夢中になっていた。

そろそろウォーキングの時間が超過して、この後の用事にロスタイムが発生する予感で区切りをと思い、退散モードに。

これが会ってしばし成り行きの会話で過ごすが引き際が難しい。

「あらあら、振り返れば、薬の話題だったたね」

「そうよ、私たちにこの話しかないでしょう。ウフフ」

「そうね、そうだね」

と、相槌を打つと歩き始めた。

何気なく健康確認の挨拶をしただけなのに、どうしてこうも飲む薬まで教えあってしまうのか？

普通は隠してしまうことなのに、あまりにも話題性が惨めでますます世間から落ちこぼれた疎外感に浸ってしまう。

なぜ健康じゃなくて病弱者を装ってしまうのか？

ある意味年齢を隠して、か弱い女を強調しているのだろうか？　と、疑問に思う。

以前、「女性の専売特許は、甘えと狡さだ」と、聞いたことがある。この批判的発言を耳にした時、胸に突き刺さる思いで傷ついたが、じゃあ男性はどうなの？　と、怒りと反発心に燃えたのを記憶している。だが考えたら地球上の全女性に対する一般論であって、一個人に向かってではないことで、性に対してのもの。

やっぱりこのことが根底に潜んでいるのだろうか？

しかし、定年後の男性の会話はもっときわどく、

「いつ、迎えが来ることやら……アハハ！」と笑いの言葉が出る。真からの笑いでは

ないと承知するが、まだまだ社会に貢献できることがあるにもかかわらず、ちょっと世間から外れた存在を嘆いているようにも思える。かつてはこの日本の国の経済を担ってきた男性達。

老人よ、大志を抱け！

著者プロフィール
山口 詩乃（やまぐち しの）
山口県出身、千葉県在住。
著書『ふる里の匂い、千切りの音』（文芸社　2022年）

カバーイラスト：ゆか

プライベート ブランド　幸せだから……私が思う日々のできごと

2025年１月15日　初版第１刷発行

著　者　山口 詩乃
発行者　瓜谷 綱延
発行所　株式会社文芸社
〒160-0022 東京都新宿区新宿1－10－1
電話 03-5369-3060（代表）
03-5369-2299（販売）

印刷所　株式会社晃陽社

ISBN978-4-286-25789-1